# PÂNICO NO PACÍFICO

Título original: Panique sur le Pacific



EDIÇÃO GERAL
*Sonia Junqueira*

REVISÃO
*Aline Sobreira*
*Lúcia Assumpção*

DIAGRAMAÇÃO E ADAPTAÇÃO DE ILUSTRAÇÕES
*Tales Leon de Marco*

**Dados Internacionais de Catalogação na Publicação (CIP)**
**(Câmara Brasileira do Livro, SP, Brasil)**

Pronto
Pânico no Pacífico : 3 grandes investigações / escritas e desenhadas por Pronto ; tradução Vera Chacham. -- 1. ed. -- Belo Horizonte : Autêntica Editora, 2014.

Título original: Panique sur le Pacific
ISBN 978-85-8217-278-0

1. Literatura infantojuvenil I. Título.

13-08152 CDD-028.5

Índices para catálogo sistemático:
1. Literatura infantil 028.5
2. Literatura infantojuvenil 028.5

GRUPO **AUTÊNTICA**

**Belo Horizonte**
Rua Aimorés, 981, 8° andar . Funcionários
30140-071 . Belo Horizonte . MG
Tel.: (55 31) 3214 5700

**São Paulo**
Av. Paulista, 2.073, Conjunto Nacional, Horsa I . 23° andar, Conj. 2301 . Cerqueira César . 01311-940 . São Paulo . SP
Tel.: (55 11) 3034 4468

Televendas: 0800 283 13 22
www.grupoautentica.com.br

# PÂNICO NO PACÍFICO

3 grandes investigações

escritas e desenhadas
por **Pronto**

Tradução: Vera Chacham

autêntica

OLHAMANHÃ

ĉ conde-
por ter
or prisão

ca - Já preso, homem rouba computador da o e 180 dias de suplementar
u Nadafiz foi enado a 180 dias prisão no centro enciário de Nao-Foiele pelo roubo m computador da o. Ele já cumpria ali pena por motivos entes. que tratou do declarou que se tra-de um dos crimes mais pidos que conheceu em arreira. Quando disse ao ado que ele ainda tinha to que aprender como ninoso, o Sr. Nadafiz respondeu que ele não , de fato, o melhor dos drões. Roubou o computa-or e o colocou junto com o xo para pegá-lo mais tarde. Ocorre que as câmeras de segurança registraram tudo. Assim, ele retornou à prisão para cumprir uma sentença suplementar.

# ROUBO NO PACÍFICO

Durante a escala do transatlântico Pacífico em Zanzibar, a suíte da princesa de Chorón Acim foi totalmente saqueada enquanto ela fazia um pouco de turismo. As divisórias de sua cabine foram pichadas com tinta, as joias, espalhadas, os vestidos foram rasgados e a gaiola de Sir Herbert Júnior, o canário, aberta. Por que teriam feito isso? Talvez por inveja, pois todo mundo sabe que a princesa é muito rica e adora se divertir. Foi sua governanta quem chamou a polícia após ter se dado conta dos estragos, ao voltar ao navio pouco antes da princesa. Os únicos elementos de que se dispõe até o momento são a identidades dos passageiro que permaneceram a bord durante a escala turístic É certo que um entre e é o culpado. Somente u investigação minuc permitirá desmascar Para que isso ocorra, necessário explorar a menor indício.

## Um homem fica preso na máquina de se

procurando uma calça encontrar em sua. queria preso. lmente tive porque não to ar. Retirado por intervenção consegue ainda

Foto de reconstituição
PACÍFICO
PACÍFICO

RODAS
ROLANDO

Carlos Kar Tolla
51 anos
1,70 m
Mágico
Rua Abracadabra, 10
Uberaba
2
Gino Okano
46 anos
1,65 m
Encanador
Rua do Sifão, 5
Campinas
1
Laura Bella
32 anos
1,69 m
Esteticista
Rua do Gloss, 2
Curitiba
4
Joaquim DuBalcão
62 anos
1,66 m
Barman
Beco das Garrafas, 6
Rio de Janeiro
3
Cléo Latte
26 anos
1,68 m
Veterinária
Rua da Vacina, 3
Alfenas
5
Roberto Ali Cerce
53 anos
1,71 m
Mestre de obras
Rua da Telha, 4
Recife
6

Pedro Kirrua
39 anos
1,66 m
Motorista de táxi
Rua Dovolante, 8
São Paulo
7
Suzy Goma
42 anos
1,79 m
Operadora de telemarketing
Rua Sem-fim, 7
Natal
8
Rogério K. Deado
46 anos
1,74 m
Agente de seguros
Rua da Apólice, 9
Varginha
9
José Joserepa
28 anos
1,72 m
Banqueiro
Rua do Cofre, 1
Niterói
10
César Massa
40 anos
1,71 m
Padeiro
Rua da Mistura, 11
Ouro Preto
11
Os suspeitos

## Primeira pista

A cabine foi meticulosamente examinada. Analisando ao microscópio as partículas descobertas e observando a foto de reconstituição e o quadro de identificação, você pode ligar cada uma dessas partículas a um suspeito. Aquele que não deixou nenhum traço é necessariamente inocente.

## Segunda pista

Testemunha do roubo, o mensageiro do navio, infelizmente, não fala português. Para compreender seu depoimento, substitua cada letra por aquela que a precede no alfabeto. Você pode assim recolher seu testemunho e encontrar o indício que vai livrar um suspeito.

## Terceira pista

Por sorte, a fabulosa coleção de diamantes, rubis e safiras da princesa foi encontrada intacta em seu cofre. Somente algumas pedras preciosas possuem um número de facetas único em relação às outras pedras. Encontre-as. As letras ligadas a elas são encontradas no nome da cidade onde mora um inocente.

**Quarta pista**

Os objetos acima foram encontrados espalhados pela cabine. Forme uma palavra com as primeiras letras de cada um desses objetos. Ela permite inocentar um suspeito.

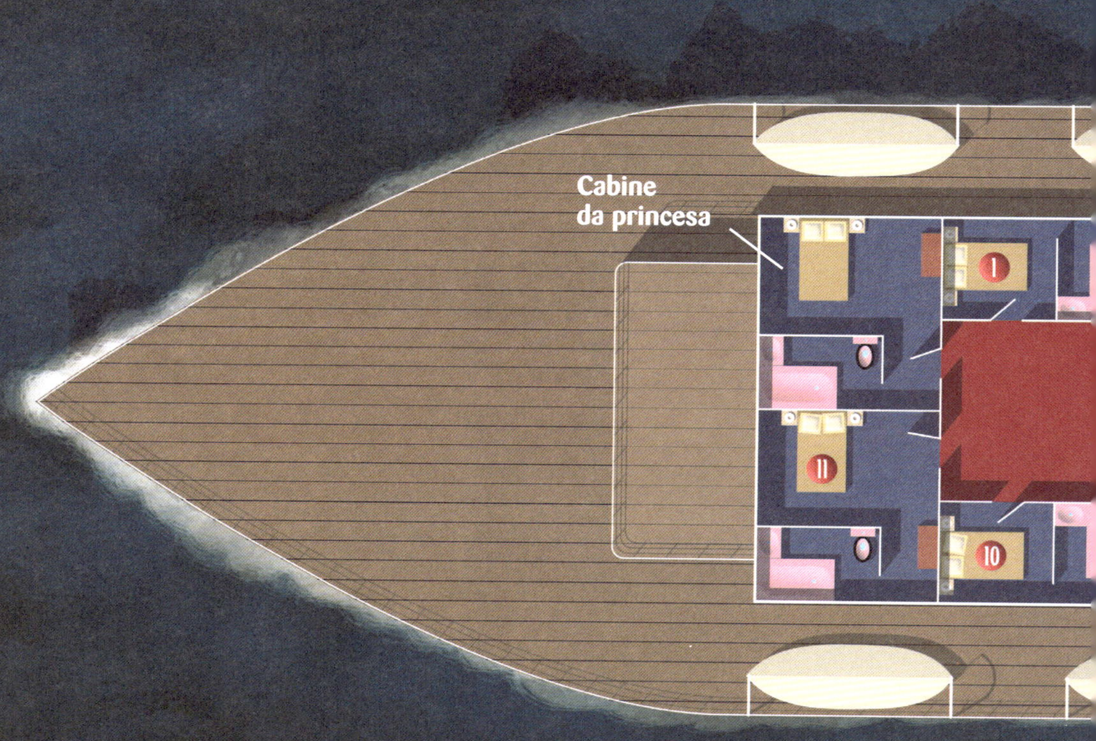


## Quinta pista

Eis o plano do navio com as cabines dos suspeitos. Os depoimentos recolhidos permitem localizar a cabine de um inocente.

- Não há água na banheira.
- Não fica ao lado da cabine da princesa.
- Há duas almofadas sobre a cama.
- Não é uma cabine grande.
- A tampa do vaso sanitário está levantada.

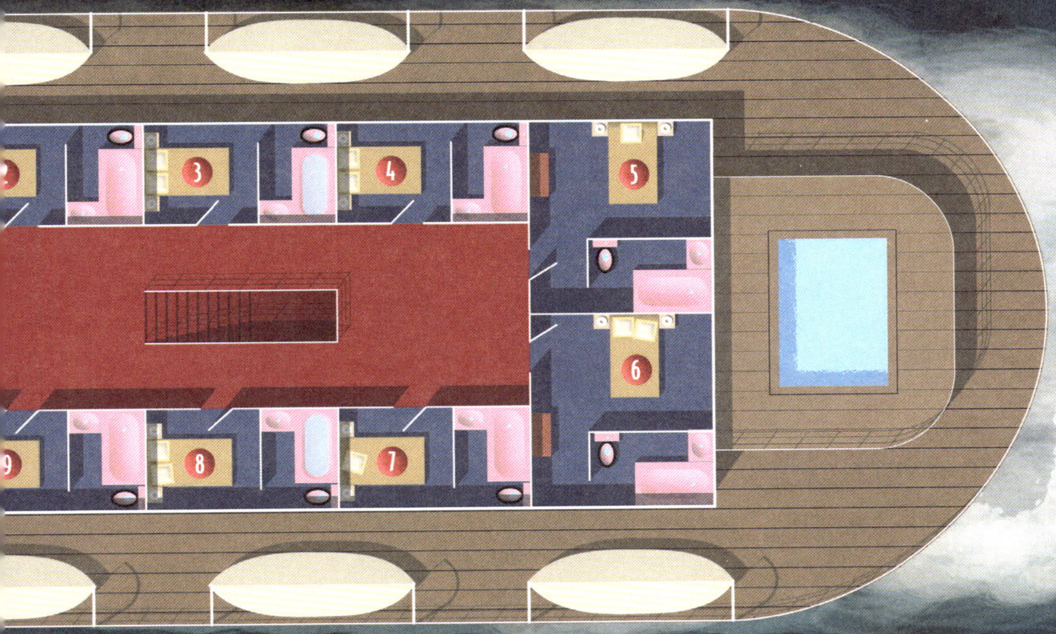


**Cabine 1:** Gino Okano
**Cabine 2:** Carlos Kar Tolla
**Cabine 3:** Joaquim DuBalcão
**Cabine 4:** Laura Bella
**Cabine 5:** Cléo Latte
**Cabine 6:** José Joserepa
**Cabine 7:** Pedro Kirrua
**Cabine 8:** Suzy Goma
**Cabine 9:** Rogério K. Deado
**Cabine 10:** Roberto Ali Cerce
**Cabine 11:** César Massa

**Sexta pista**

Vários pedaços rasgados de tecido foram encontrados na cabine. Eles provêm das roupas de alta costura usadas pela princesa para a travessia. Encontre os pedaços que fazem parte do vestido usado por ela na foto da revista Blablá. As letras ligadas a esses pedaços são encontradas no nome da rua onde mora um inocente.

## Sétima pista

Eis as evidências encontradas dentro da cabine. Escreva o nome dos objetos, de dois em dois, nas casas. Anote as letras em comum e coloque-as em ordem para encontrar o nome de uma substância indispensável a um dos suspeitos em seu trabalho. Esse suspeito é inocente.

## Oitava pista

O prospecto turístico do cruzeiro apresenta as ilhas visitadas pelo transatlântico Pacífico. Siga as instruções passo a passo e descubra a ilha na qual a princesa havia planejado passar alguns dias.

**1.** Encontre primeiramente a ilha que possui duas árvores idênticas. **2.** Depois encontre a ilha vulcânica que possui a mesma forma da ilha número 1 e que é habitada. **3.** Encontre a ilha que contém uma cidade igual à da ilha número 2. **4.** Por fim, encontre a ilha que possui exatamente a mesma forma da ilha número 3. Seu nome possui o mesmo número de letras que o sobrenome de um inocente. Levando em consideração os suspeitos que já descartou, você pode colocar mais um passageiro fora da lista.

Ilha Jafoitard
Ilha Sakuchei
Ilha Icor
Ilha Kioraé
Ilha Aiquemeda
Ilha Akabô
IIlha Fujih

## Nona pista

Durante a escala, os suspeitos perambularam pelo convés, e seus sapatos molhados pelos respingos do mar deixaram pegadas. Somente um suspeito permaneceu na cabine. Encontre o sapato dele: seu número permite inocentá-lo.

## Décima pista

O assaltante fez um grafite na parede da sala de banho contígua à cabine da princesa. Foi a gota d'água. Desvende essa misteriosa pichação e descubra a mensagem que vai permitir que você identifique o último inocente.

# IDENTIFICAÇÃO

**Muito bem!**
Todas as pistas recolhidas te permitiram inocentar os suspeitos um a um.
Você pode agora desmascarar o culpado do saque à cabine da princesa.

**Gino Okano** | **Carlos Kar Tolla** | **Joaquim DuBalcão** | **Laura Bella** | **Cléo Latte**

Se não encontrou uma pista e está se coçando para conhecer as **soluções**, vire o livro e o coloque diante de um espelho.

Roberto Ali Cerce | Pedro Kirrua | Suzy Goma | Rogério K. Deado | José Joserepa | César Massa

**Então, o culpado é...**

• **Décima pista:** Eu odeio joias – então não é Suzy Goma.

• **Nona pista:** Joaquim DuBalcão.

• **Oitava pista:** Pedro Kirrua (Ilha Edeles).

• **Sétima pista:** César Massa (farinha).

• **Sexta pista:** Gino Okano (letras S, I, O, Rua do Sifão).

• **Quinta pista:** Laura Bella.

• **Quarta pista:** Roberto Ali Cerce (cimento).

• **Terceira pista:** Cléo Latte (letras A e L, logo, Alfenas).

• **Segunda pista:** José Joserepa („A pessoa que eu vi sair correndo da cabine da princesa tinha cabelo!").

• **Primeira pista:** Carlos Kar Tolla.

INTOX

# CHEFE 5 ESTRELAS VÊ 36 ESTRELAS

## ROUBO MISTERIOSO NA COZINHA DO TRANSATLÂNTICO PACÍFICO

Ontem à noite, por volta das 21:00 horas, pouco antes do jantar de gala oferecido pelo capitão do Pacífico, o chefe de cozinha foi encontrado zonzo atrás dos seus fornos. Um roubo parece ser o motivo dessa agressão. Com efeito, faltam três caixas de caviar e cinco garrafas de um excelente vinho. De acordo com as primeiras informações colhidas, as suspeitas se voltam para um dos cozinheiros presentes no momento dos fatos. Somente uma investigação minuciosa permitirá desvendar esse mistério, reunindo as evidências da culpabilidade do cozinheiro mal intencionado.

## Uma família tem que retirar seu pula-pula por causa dos ladrões

Um pai de família fo onado por seus vizinho tirar o pula-pula do di coletivo por causa do la es que poderiam s ser deles para saltar a janelas.

André Dredon, 3 anos, foi sua copr prietária que o pula-p la de sua filha, de 90 c de diâmetro acarreta risco ável de assalt Ele se recusou a reti porque sua filha de o usava todos os dia Um trutor encarreg do da segur calcul que seria necessár ser para utiliz esse pula-pula a cançar as janela "Existem conta bem ao lado q mais altos. Se necessário u assaltante mu utilizar um pul pula tão peque e saltar até

Um pc ta-voz do q de fato rece do porque uma zona c Em 2007, u

## Gêmeos são libertados porque a ví[...] não soube diferenciá-los

Sydney, Austrália – Dois gêmeos idênticos de 21 anos, acusados de agressão, foram liberados pela justiça porque a vítima não soube reconhecer qual dos dois irmãos havia quebrado seu nariz.

Bill Bockey, a vít[...] agressão, relata: "Qu[...] torno de uma parte d[...] dois gêmeos me atingi[...] pontapés mas eu não sa[...] em se tratava." [...] incapacidade [...] verdadeiro [...] rrência os [...] contra [...] eci do

## Uma mulher chama a polícia para resolver suas dúvidas com palavras cruzadas

O oficial, furioso, preveniu Chantal Hélouya de que ela corria o risco de ser processada se não liberasse a linha telefônica. Ela conta: "Eu tinha acabado toda a grade de palavras cruzadas com exceção de uma palavra. e estava totalmente bloqueada. Já tinha procurado na internet e perguntado aos meus amigos. Estava muito chateada por não saber qual era a palavra. A [...] fazia referência

Foto de reconstituição

Dossim Dekoko
46 anos
1,68 m
Rua Cordeiro Novo, 1
São Paulo
1
Paco Assoug
24 anos
1,68 m
Rua do Corte, 11
Vacaria
10
Pablo Lemestre
37 anos
1,78 m
Rua Gal. La Sagna
Ajaccio, Córsega
9
Aike Nútil
41 anos
1,85 m
Rua da Modorra, 3
Sabará
11
Faztud Nufforn
56 anos
1,68 m
Rua do Empadão, 7
Tiradentes
7
Franco Pimenta
49 anos
1,69 m
Rua do Café, 2
Varginha
2

Davi P.
A. Kote
51 anos
1,79 m
Rua do Chantili, 4
Palmital
5
Edgar LeChef
31 anos
1,67 m
Rua Monsieur Croque, 9
Dijon, França
6
Raimundo Mingo
47 anos
1,72 m
Rua Rosbife, 6
Araçatuba
3
Arrôus Doss
41 anos
1,71 m
Rua da Tigela, 8
Sabará
4
Fuad Larapyus
39 anos
1,75 m
Rua das Pizzas
Brasília
8
Os suspeitos

**Primeira pista**

O ladrão deixou para trás pedaços de papel rasgado, com toda certeza uma lista de alimentos necessários para o cardápio do dia. Mas faltam pedaços. Reconstitua as palavras, mas sabendo que falta a primeira letra. Anote essas letras. Elas são encontradas no nome da cidade onde mora um inocente.

## Segunda pista

O malfeitor não conseguiu levar todas as caixas de caviar. Várias das que ficaram no estoque tinham pelo menos uma gêmea idêntica... Exceto algumas. Descubra quantas peças únicas existem. Trata-se do número de um inocente.

## Terceira pista

O roubo ocorreu durante o coquetel oferecido pelo capitão no convés. Um dos convidados presentes possui um ponto em comum com um cozinheiro inocente. Encontre-o a partir das seguintes informações: **1.** Não é uma mulher. **2.** Usa óculos. **3.** Não possui bigode. **4.** Está com uma taça na mão. **5.** Não é careca. **6.** Está sorrindo.

### Quarta pista

O cozinheiro chefe estava em plena preparação de um bolo quando foi agredido. Escreva os nomes dos ingredientes nos espaços que se encontram ao lado de cada um deles. Anote as letras dos espaços azuis. Colocando-as em ordem, você pode descobrir um indício utilizado por um inocente.

## Quinta pista

Em sua fuga, o ladrão derrubou um monte de coisas no chão da cozinha. Leia ao lado os resumos dos interrogatórios dos suspeitos. Alguns não parecem dizer toda a verdade. Analise suas declarações na ordem dada e determine o que é verdadeiro e o que é falso. Parta da panela virada, vá reto e contorne a bancada central: você chegará a uma pista que permite inocentar um novo suspeito.

- Se um suspeito diz toda a verdade, avance 9 ladrilhos.
- Se um suspeito só diz mentiras, avance 6 ladrilhos.
- Se um suspeito diz uma verdade e depois uma mentira, recue 3 ladrilhos.
- Se um suspeito diz uma mentira e depois uma verdade, recue 6 ladrilhos.

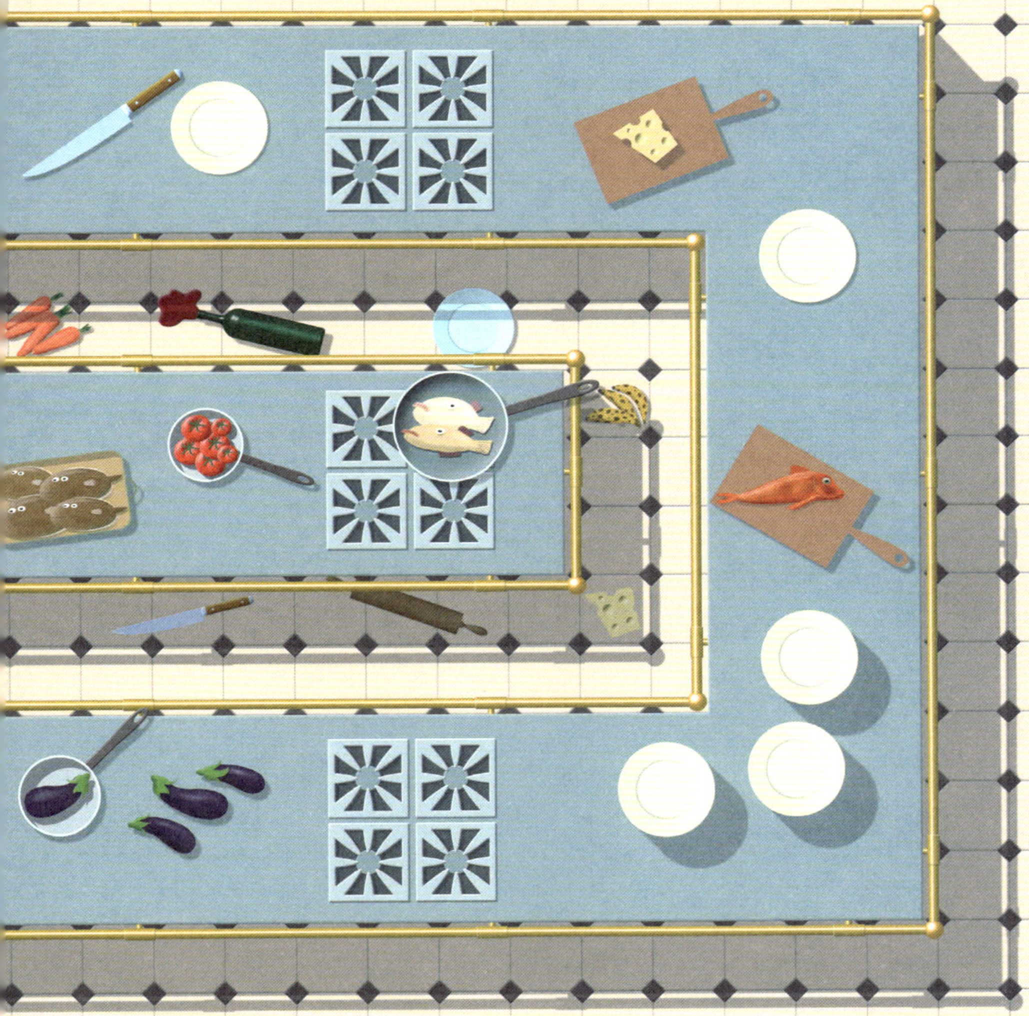

**Davi P. A. Kote:** "Eu sou confeiteiro e talvez seja culpado."
**Fuad Larapyus:** "Eu tenho uma panela na mão e vivo na região norte do Brasil."
**Franco Pimenta:** "Eu sou inocente e preparo uma torta."
**Dossim Dekoko:** "Eu sou louro e sou mais jovem do que Arrôus Doss."
**Arrôus Doss:** "Eu sou desajeitado e não vivo à beira-mar."
**Raimundo Mingo:** "Eu nunca utilizo facas e sou mais alto do que Faztud Nufforn."
**Pablo Lemestre:** "Eu não enxergo bem e não preparo um creme para confeitar."
**Faztud Nufforn:** "Eu sou mais jovem que Paco Assoug e vivo à beira-mar."
**Aike Nútil:** "Eu sou mais alto do que Edgar LeChef e preparo uma musse de chocolate."

## Sexta pista

Esses seis pratos foram encontrados em um canto da cozinha. As letras decorativas permitem compor, para cada prato, o nome de um alimento, mas com uma letra a mais. Anote essas letras e coloque-as na ordem correta para compor o nome de um indício que remete a um inocente.

## Sétima pista

Esse é o bolo que o chefe de cozinha estava preparando no momento em que foi agredido. Existem algumas diferenças entre esse bolo e a foto do livro de receitas. Mais um suspeito possui o mesmo número de letras em seu sobrenome. Você pode inocentá-lo.

## Oitava pista

O interrogatório do cozinheiro chefe do transatlântico deve trazer informações importantes, mas ele não fala português. Para compreender sua mensagem, retire de sua fala todos os B, S, F e H. Você pode assim recolher seu testemunho e encontrar o indício que vai inocentar outro suspeito.

**Nona pista**

Durante as buscas, o armário da cozinha foi inspecionado de cima a baixo. Escreva o nome dos ingredientes 2 a 2 e anote as letras em comum. Coloque-as em ordem para descobrir o nome de um indício que remete a um inocente.

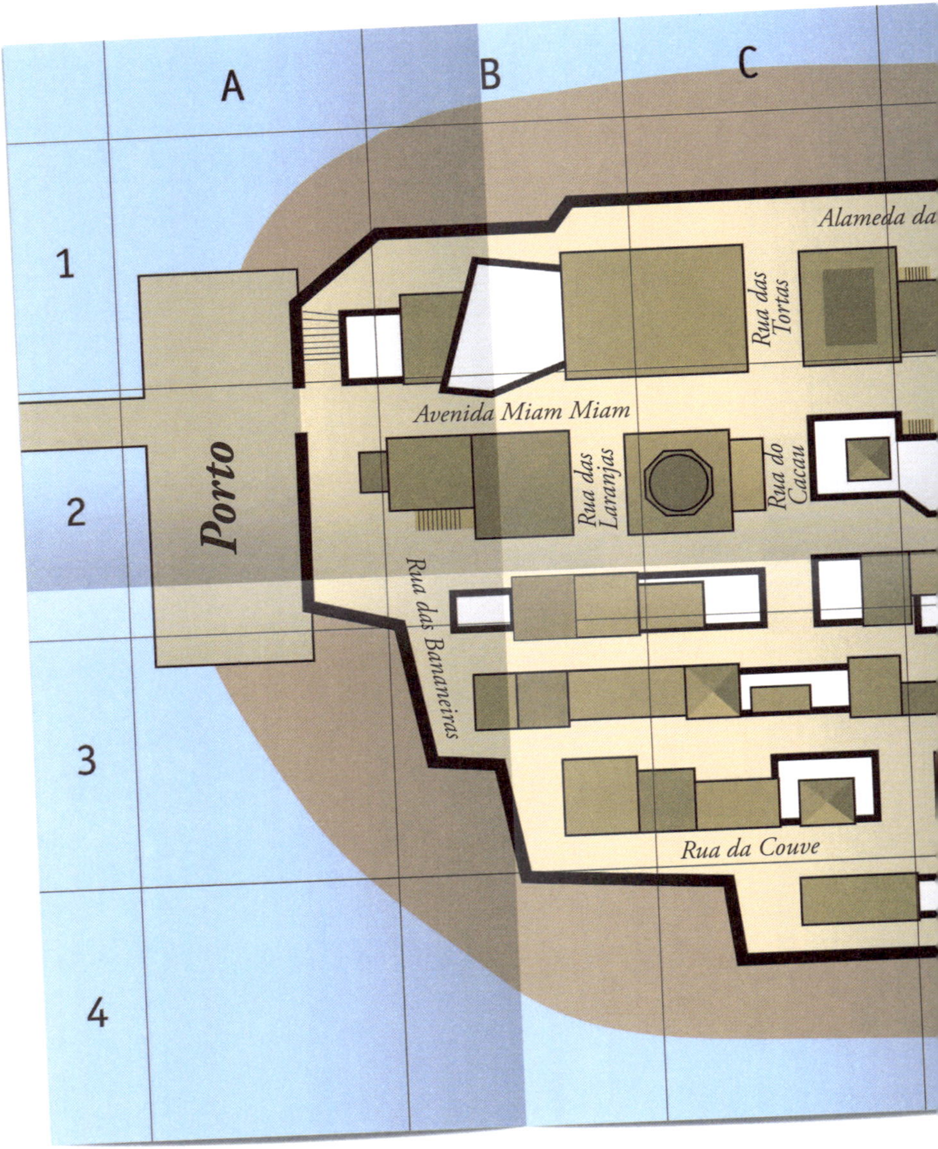


## Décima pista

O ladrão aproveitou a escala em Zanzibar para fugir correndo pelas ruas da cidade. Siga passo a passo as informações recolhidas durante os interrogatórios das testemunhas dessa fuga e encontre a rua onde se esconde o malfeitor. O nome dessa rua fornece um indício para inocentar o último suspeito.

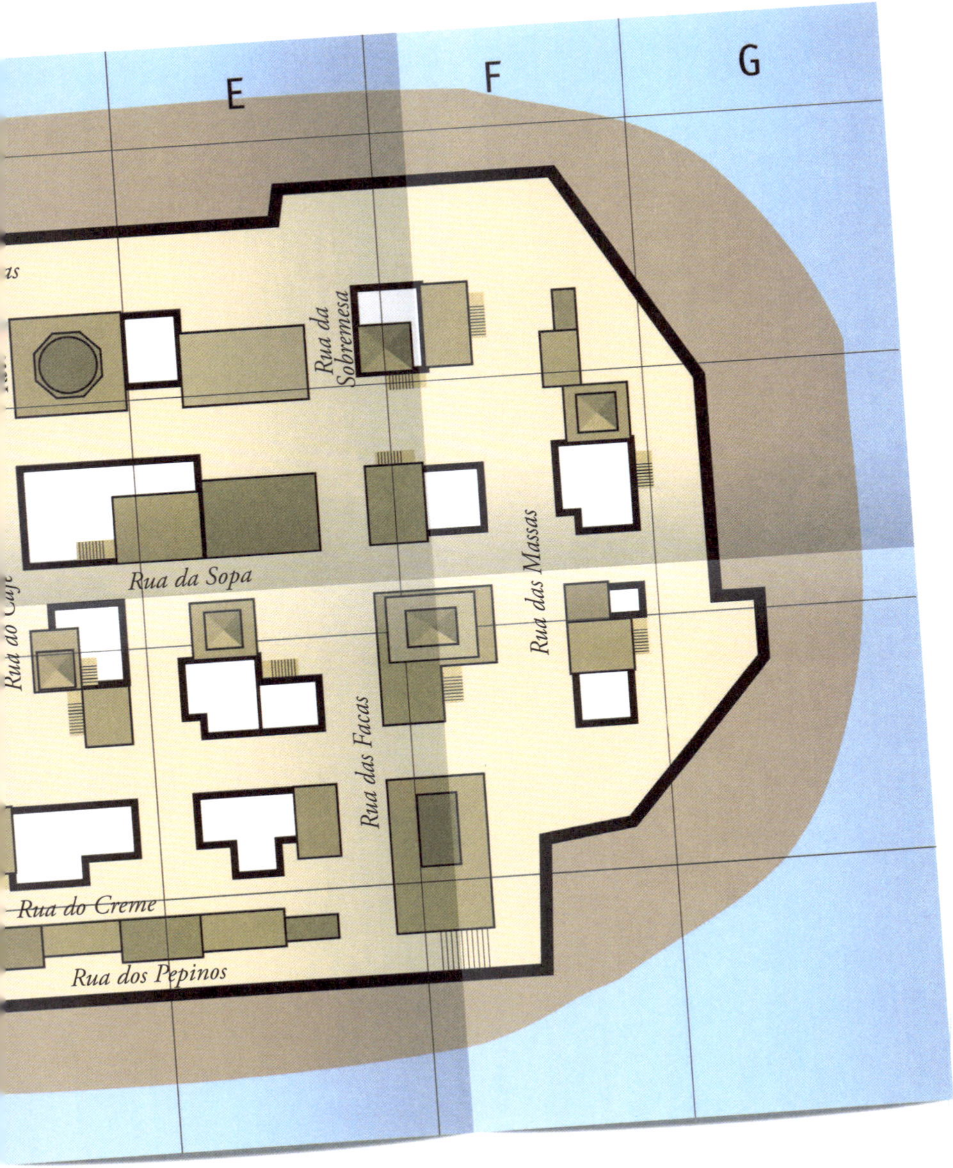


Partindo do porto, ele entrou na cidade pegando a Avenida Miam Miam, depois a terceira rua à direita; virou na primeira rua à esquerda e na segunda à direita, depois pegou a primeira rua à esquerda, novamente à esquerda e entrou na segunda rua à esquerda; novamente, pegou a segunda à esquerda e, por fim, correu para a primeira rua à direita e em seguida para a segunda à direita. É nessa rua que se esconde o culpado.

## Identificação

**Muito bem!**
Todos os indícios recolhidos te permitiram inocentar os suspeitos um a um. Você pode agora desmascarar o culpado do roubo na cozinha do transatlântico.

**Dossim Dekoko** | **Franco Pimenta** | **Raimundo Mingo** | **Arrôus Doss** | **Davi P. A. Kote** | **Edgar LeChef**

Se você não encontrou uma pista e está se coçando pra conhecer as **soluções**, vire o livro e o coloque diante de um espelho.

• **Primeira pista:** Dossim Dekoko. • **Segunda pista:** Arrôus Doss. • **Terceira pista:** Aipue Nútil.
• **Quarta pista:** Franco Pimenta (rolo). • **Quinta pista:** Edgar LeChef. • **Sexta pista:** Pablo Lemestre.
• **Sétima pista:** Faztud Nufforn. • **Oitava pista:** Paco Assoug. • **Nona pista:** Raimundo Mingo.
• **Décima pista:** Davi P. A. Kote Tonsac (Rue Des Oranges).
**Então o culpado é...**

# O CLARI

# Passe de mágica na turnê de canto

Eram 22h e 30 minutos, a grande vedete de music-hall Barbra Stressanti mal havia acabado de terminar seu recital na grande sala de concerto do navio Pacífico, quando o navio ficou às escuras devido a uma queda geral na energia elétrica. Aproveitando-se desses poucos minutos de pânico, um ladrão se introduziu na sala do cofre-forte para arrombá-lo e se apoderar das enormes somas de dinheiro depositadas ali pelos passageiros durante o cruzeiro. De acordo com os primeiros resultados da investigação, o ladrão certamente conseguiu sair da sala de espetáculo com toda a discrição para cometer o delito. Uma foto tirada pouco antes do concerto por um jornalista ajudou a determinar a identidade dos passageiros que se instalavam para assistir à apresentação, o que permitiu elaborar uma lista de suspeitos. Graças aos indícios recolhidos, não há dúvida alguma de que o culpado será rapidamente descoberto...

## Saul, um hom que voltou par cas

... não muito longe dali. Ele ... havia se dado ao trabalho ... jogar no lixo as garrafas ... cerveja vazias que cobria ... o chão nas proximidades ... carrinho de golfe. Com fras... incoerentes, o homem expl... cou que desejava apenas volta... para casa, a 65 km do camp... de golfe, com o carrinho. Ele reconheceu ter bebido dez cervejas, mas não se sentia de forma alguma bêbado.

## Duas bisavós campeãs de boliche

Foto de reconstituição

Caetano Bário
51 anos
1,72 m
Químico
Rua da Pipeta, 11
Rio de Janeiro
3
Mady Nadamaiz
42 anos
1,72 m
Agente imobiliária
Rua da Locação, 12
Belo Horizonte
1
Antônio Maletta
65 anos
1,78 m
Médico
Rua Dr. Eunão Tobem, 36
Campo Grande
7
Patty Patatah
39 anos
1,79 m
Estilista
Rua do Corte, 48
Brumadinho
9
Sally Fanklub
32 anos
1,81 m
Cantora
Rua do Gargarejo, 33
Cuiabá
10
Ike D. Roga
72 anos
1,67 m
Escritor
Rua do Capítulo, 24
Olinda
2

Gigi D. Volta
48 anos
1,69 m
Advogada
Rua da Fiança, 66
Campinas
6
Artur S. Flying
54 anos
1,80 m
Piloto de avião
Rua Céu de Brigadeiro, 55
João Pessoa
8
Ladislau Nonselava
62 anos
1,70 m
Jogador de pôquer
Rua da Partida, 88
Recife
11
Geraldo D. Ricco
45 anos
1,76 m
Banqueiro
Rua do Ouro, 63
Ouro Preto
4
Nadinha Bobah
36 anos
1,73 m
Especialista em
informática
Rua Bug-do-Milênio, 42
Catanduva
5
Os suspeitos

**Primeira pista**

Este é o cartaz do concerto dado por Barbra Stressanti na noite do roubo. Em cada título de canção, as duas palavras destacadas (são as em branco) possuem todas as letras em comum... exceto uma. Anote essas seis letras e coloque-as em ordem para descobrir a profissão de um inocente.

## Segunda pista

A sala onde se encontrava o cofre-forte foi minuciosamente vasculhada. Analisando ao microscópio as partículas descobertas e observando tanto a foto de reconstituição como o painel de identificação, você pode religar cada uma delas a um suspeito. Aquele que não deixou nenhum traço é necessariamente inocente.

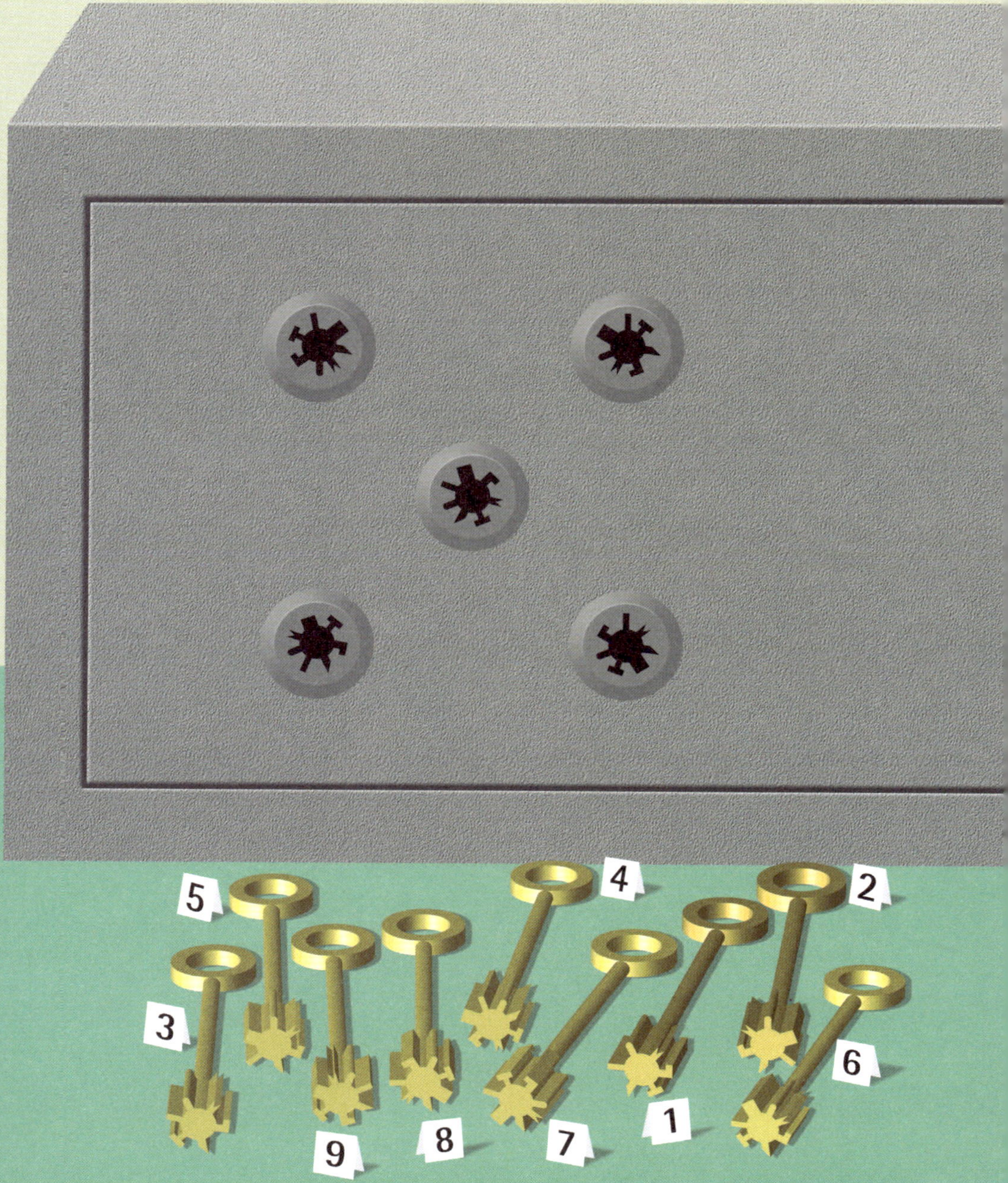


**Terceira pista**

As chaves utilizadas pelo ladrão para abrir o cofre foram encontradas. Compare-as com as fechaduras e encontre as quatro que não podem ser utilizadas. Some os números delas para obter o número de um suspeito. Você pode inocentá-lo.

### Quarta pista

Na fuga, o ladrão deixou cair o papel no qual ele havia anotado a combinação do cofre. Comece pelo A e siga as instruções para obter 5 letras que formam uma palavra. Você pode então colocá-las em ordem e compor o nome de um indício que pertence a um inocente.

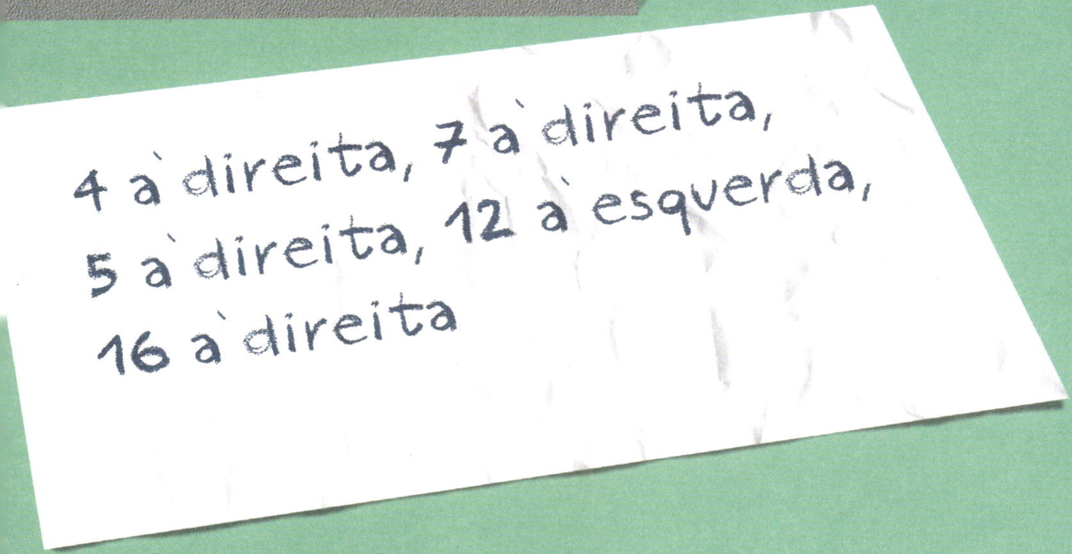

Fileira 11
Fileira 10
11
4
Fileira 9
Fileira 8
6
ALA A
ALA B
ALA C
Fileira 7
Fileira 6
10
Fileira 5
1
Fileira 4
Fileira 3
5
Fileira 2
7
Fileira 1

## Quinta pista

O interrogatório da lanterninha presente na hora do concerto de Barbara Stressante permitiu recolher vários indícios sobre a identidade de um inocente. Siga as indicações passo a passo para encontrar a poltrona onde estava um suspeito que ela tem certeza de não ter visto sair no momento do acontecido. O número da poltrona permite a você inocentá-lo.

Parta da última fileira da ala F, no alto à direita:

- Desça duas fileiras e passe para duas alas adiante.
- Desça duas fileiras e passe para a ala seguinte.
- Suba duas fileiras e retorne duas alas para trás.
- Desça duas fileiras e passe para três alas adiante.
- Suba três fileiras e passe para a ala seguinte.
- Desça três fileiras e retorne duas alas para trás.
- O suspeito está na fileira logo abaixo.

## Sexta Pista

Observando a foto de reconstituição, mensageiros procuram se lembrar em qual cabine eles têm certeza de terem percebido um dos suspeitos na hora do roubo. A partir dos seus depoimentos, você pode descobrir o número dessa cabine. É o mesmo número da casa onde mora esse passageiro. Ele é inocente.

## Sétima pista

O ladrão produziu uma queda na energia elétrica cortando alguns fios na caixa central do navio. Encontre os fios seccionados por ele e anote as cores às quais eles são normalmente ligados. Elas são idênticas às das roupas e sapatos de um inocente.

## Oitava pista

Este é o esquema das mesas dos convidados na sala do restaurante do Pacífico. Quando deram seus depoimentos, nem todos os suspeitos disseram toda a verdade. Parta do ladrilho com o tapete preto, siga as declarações na ordem dada e você chegará ao assento ocupado por um inocente.

- Se um suspeito diz toda a verdade, passe para o ladrilho azul mais próximo da sua posição.
- Se um suspeito diz uma mentira, passe para ladrilho amarelo mais próximo da sua posição.
- Você não pode passar duas vezes pelo mesmo ladrilho.

**Antônio Maletta:** "Eu sou inocente."

**Geraldo D. Ricco:** "Eu sou maior que Sally Fanklub."

**Gigi D. Volta:** "Eu sou mais jovem que Ike D. Roga."

**Nadinha Bobah:** "Eu uso um colar."

**Mady Nadamaiz:** "Eu sou inocente."

**Artur S. Flying:** "Eu detesto viajar."

**Caetano Bário:** "Eu não uso uma gravata vermelha."

**Patty Patatah:** "Para exercer minha profissão, muitas vezes utilizo tesouras."

**Ladislau Nonselava:** "Eu sou inocente."

**Sally Fanklub:** "Eu moro à beira-mar."

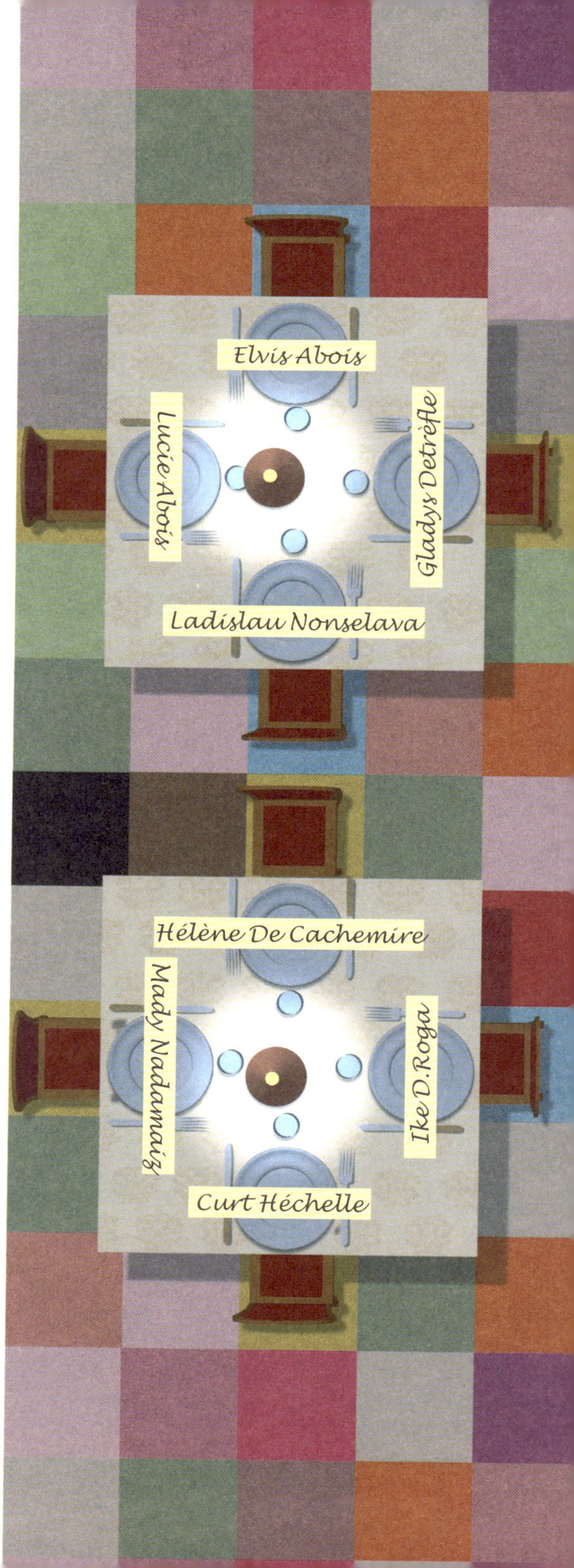

Artur S.Flying
Clotaire Minus
Julie Palanglais
Patty Patatah
Sally Fanklub
Hercule Héchemise
Nicole Hobasque
Antônio Maletta
Nadinha Bobah
Don Tonfrik
Sarah Porte
Caetano Bário
Gigi D.Volta
Geraldo D. Ricco
Basile Déserte
Ruth Soissantessis

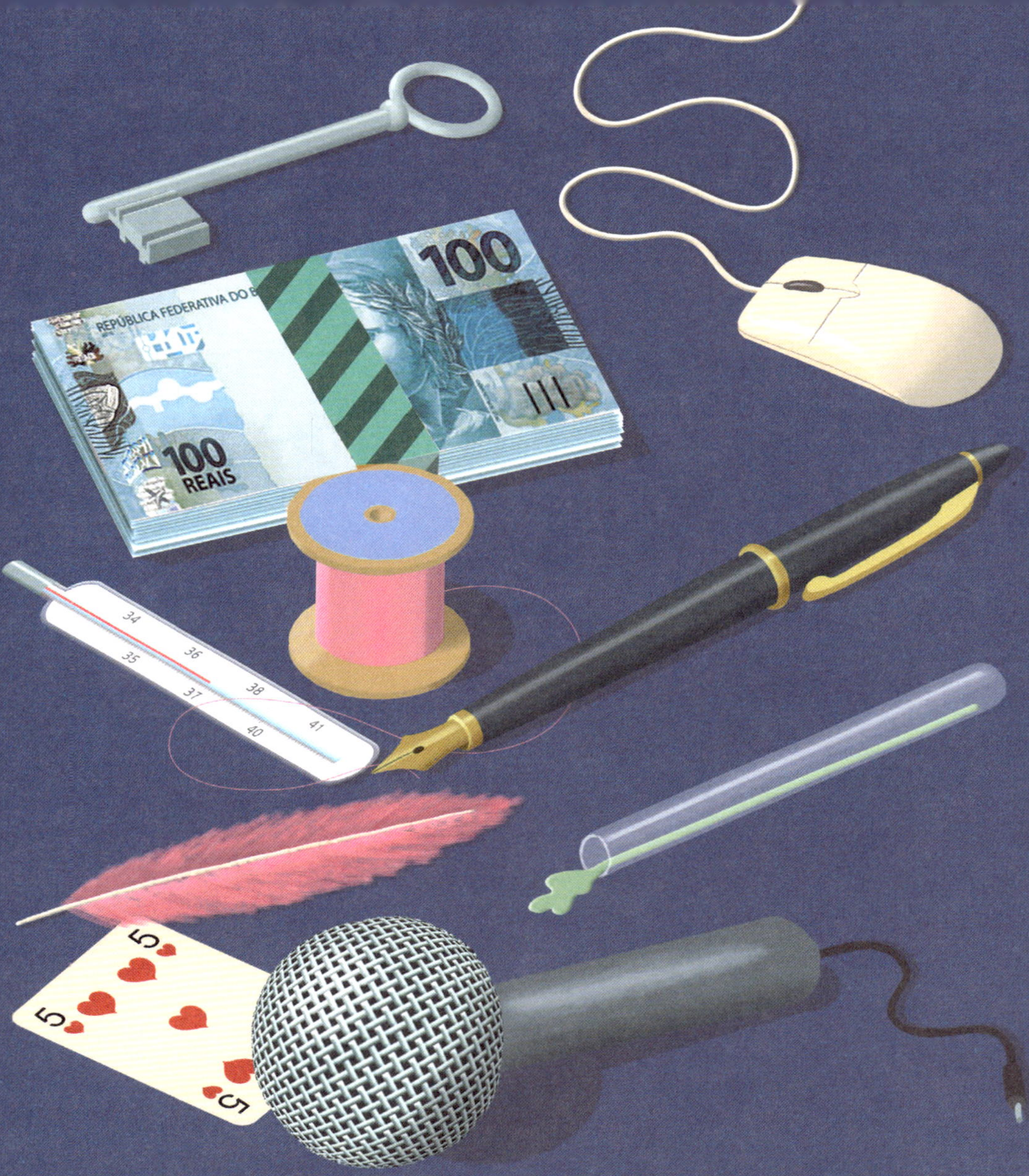

**Nona pista**

As evidências acima foram encontradas na sala do cofre. Graças às informações recolhidas junto aos suspeitos, determine qual deles não deixou nada no lugar do roubo. Você pode inocentá-lo.

## Décima pista

Uma câmera de vídeo pode registrar as idas e vindas ao corredor que leva à sala do cofre no momento do roubo. Infelizmente, mal posicionada, a câmera filmou somente as sombras dos passageiros. Compare essas sombras com os suspeitos e encontre aquele que não passou por ali. Ele é o último inocente.

## Identificação

**Muito bem!**
Todas as pistas recolhidas permitiram inocentar os suspeitos um a um.
Você pode agora desmascarar o culpado do roubo do cofre.

Se não encontrou uma pista e está se coçando para saber as **soluções**, vire o livro e o coloque diante de um espelho.

• **Primeira pista:** Antônio Maletta (médico). • **Segunda pista:** Patty Patatah: "Para realizar meu trabalho, eu utilizo frequentemente tesouras." • **Terceira pista:** Ladislau Nonselava (1 + 3 + 2 + 5 = 11). • **Quarta pista:** Nadinha Bobah (leque). • **Quinta pista:** Sally Fanklub.
• **Sexta pista:** Ike D. Roga (24). • **Sétima pista:** Mady Nademaiz (vermelho, preto, rosa).
• **Oitava pista:** Gigi D. Volta. • **Nona pista:** Artur S. Flying. • **Décima pista:** Caetano Bário.
**Então, o culpado é...**

Este livro foi composto com tipografia Barmeno (textos)
e impresso em papel Off Set 120 g/m² na Formato Artes Gráficas.